christian geissler (k)
klopfzeichen

christian geissler (k)

… … … … …

klopfzeichen

… … … … …

gedichte

von 83 bis 97

… … … … …

… … … … …

… … … … …

Rotbuch Verlag

diese arbeit widme ich sabine peters
und cornelius schwehr
cg

o cante a palo seco
é um cante desarmado:
só a làmina da voz
sem a arma do braço

joão cabral de melo neto

der gesang mit blankem mast
ist ein entwaffneter gesang:
die klinge der stimme allein
ohne die waffe des arms

übersetzung: curt meyer-clason

… …

… …

… …

inhalt

… …

5 motto
9 nachtschatten
21 nimm mal die hand von den augen
33 grüße vom kuckuck
45 meine schwester ist gestorben
57 die kunst, flöhe zu falten
73 lieder für zuhaus
91 aus den klopfzeichen des kammersängers
109 nashornlieder
115 böses geflüster
123 waldläuferlieder aus dem südöstlichen polen

135 anmerkungen

I

… … …

nachtschatten

… … …

… … …

… … …

1

(rijksmuseum)

der schwarze hut
die wolke weiß
das grauen
alt
das trauert
licht

woher das licht?
ist arbeit.

2

(hinweis)

es ist ein weg

in den stein gehauen
schlag und sprung
und sturz und sprung und
schlag und dann
der verschüttungen

sicht
das freie meer
nicht aufzuhalten
der wogen gewaltiges
nicht

entdeckt frei
zu erreichen
das fluchen
die freude
bleich

der fetzen am mast

3

(fremd in bonn 94)

vorwärts und

der kniefall sagt
nicht wer recht
hat macht
angst
woher
wir sind

nicht vergessen
worin

4

(im ic-café zwischen modena und bologna italienische fallschirmjäger)

das kann ich sehn
es lacht der tod

in jeans ein kirschenmaul
das leder blauer augen
glänzet filz

greift glatt
aus kurzen händen ferkelei
mir nah ans herz
nackt hackt
feixt trab
sein kleiner tritt
tanzt mir die zunge ab

schwarz sirrt der vogel
schwingt mein blut
vom trassenstein nach oggersheim

lacht mir der tod
das kenn ich schon

5

(elend bin rosen)

nicht aus athen
gelber morgen um mittag
sprüht aus den wiesen
ein januar

regen gähnen

die amseln beim blätterwenden
wie eine kröte mit goldenem schnabel
werden sie singen
aus innsbruck

6

(weiß wurst)

kalt
novembener münchen neun sieben

fahre sauber uh sechs
sendlinger partnach
goetheplatzhalt keiner halt
durchfahrt halbdunk
el naziaufmarsch verbitten
hundererstaffeln

lachen die ältern fahrgäst mir
dirndl und gams

: an gaas hobi liebara asan bombm
: an hund hobi liebara asan mensch
: boid keemans uns aus die lautspreecher aussi
mit polnisch und russisch
: und israelitisch glai aa noo
: die gaams musst go on

hahá tralalá
proletá ratatá!

7

(glasaugenspiel)

alle kinder schreien alle alle

keine pausenmusiken sind aufzutreiben für unsre korrespondenten
das zungenspray der moderatorin klumpt schnee
der nachrichtensprecher weint laut

alle rechner zerspringen in rauch
alle mattscheiben fiepen den blauen stich
alle trainer haben ihr gedächtnis verloren

galle kauen die eingefangenen missionare
auf den pisten um wien paaren sich indische igel
im rückengefieder erfrorener schwäne trommeln die väter

meine freude

jubelt was zischelt
im frühsonnenlicht der hänfling
lallt im staube die schlange
erstickung
hell
ausfließend uferlos ruch

force one

da home
sweet bordell
global irrenhausgarten
zivil reißt der fuchs mir die blöße auf

blasen raben den kamm
wirft vom ast die mutter den strick

panzer der mann steht still

schattenlos
die vollendung
von keiner drohung
gegen kein elend
nicht von der rückkehr des mörders zu rühren
entlöst
der unverletzlichen augen geschnittenes weiß

der tod ist ein meister

war nicht die schlange
auch der fuchs
nicht hänfling

ich ging durch einen grasgrünen wald
ich hörte den bluthänfling *singen*

libidissi!

alle kinder schreien.
die mutter strickt.

: für georg klein

8

(presto)

wer im ernste sich
endlich
findet den tod

ach wer da
hebt sich morgen
april april

II

... ...

nimm mal
die hand
von den augen

... ...

... ...

... ...

1

die väter
treu gehegt
unheilbar
sind anzuhalten
als mörder

uns trifft ihr blick
ihre pfote beißt uns den hals

wir kennen die tür.
den wink mit der gummileiste.

2

wer ihnen ihres nicht tanzt
spottet ihrer verabredeten bewegung
der organisation ihrer nützlichen zeichen
spottet jeder beschreibung
hindert den plan der verwertung.

in der verwertung
heißen behindert
die hinderer

denn die herren und damen wollen nur unser bestes
von teil zu teil zu teil
die vermessung
in das raster in die norm in das gesicherte maß

sicher ist ihnen der schuß.

sieh dir das an.
unter ihre lampen gedreht mein fuß.

wohin soll ich mich verbergen?

sie wollen meine augen essen.

ihre augen sind vögel

sieh mal
deine augen!

es könnte dein gesicht sein
dein haar dein krug dein schoß.

es ist aber deine enteignung.
zu ihrem nutzen.

3

ach dornenfleisch
ausgespottet und durchgenagelt
starr ich den spott
wein ich den nagel

sieh mal
aber
sagen sie
nimm hammer und stolz

schon bist du eine von uns
fast
mußt du nicht weinen
sind wir gelacht

4

euch kenn ich gut
euch pack

hätt ich mein messer noch
flöß weißes blut.

5

sondern nein sind aber wir
die reibung gegen die reihung
die lust gegen linie und zahl
die entscheidung
ich gehe
den kampf der schritte
den flug der schatten
ohne kommando
den weg
meinen.

es geht es geht
was du nicht gehst
es geht frei aus.

vorsicht
sie lauern uns auf

sie treten den tritt in meinen schritt
schon wieder
schon nieder

vorsicht!

6

nimm mal die hand von den augen.
siehst du den brand der schatten
auf uns die schärfe ihrer kontur

noch sind wir nicht verkauft

schon greifen aber
die zählen
dir durch dein haar

sieh mal die waffen im wind

kaum hinter uns eben
kaum erst bestraft
vielfältig frech beleuchtet
ins kluge muster
ins gittermuster
messen sie ihre gewalt
uns weit voraus
in unsern eigenartigen schritt

wir haben gesagt: es geht
es geht eine überraschung

sie
bald
werden gesagt haben werden

: das geht in ordnung:

schon flechten sie stahl
biegen den alten bogen.

nimm mal die hand von den augen.
sie schinden unser gesicht.

7

was für ein volk
so fleißig
schmatzt es die schmiere
vom schönen tod
die lüge von oben

8

ist der zeck
in eurem blick

ich hatte glück.
ich kann nicht mehr zurück.

sie treten uns sich unter den fuß.
da stehen wir wieder auf.
da fallen sie um.

das freut uns

9

aber das auge
wohin soll ich es verbergen

ich seh ich seh
was du nicht siehst.

eingedreht in das weiß ihrer lampen
niedergefahren
sind meine augen
unter die vögel gefallen.

wohin soll ich mich verbergen.

sie wollen mir meine augen abessen
soll blind sein
ganz lind sein
mein schwarzes rot.

der block
der bock
der riß im rock
ach armes brot.

wohin soll ich dich verbergen.

III

… … …

grüße vom kuckuck[1]

… … …

… … …

… … …

denn mitten im unsinn
aber
wenn
früh am morgen
der längliche meister
um mir zu helfen
sich ruhig in das ausgeschmorte kabeldickicht biegt
und ich höre ihn murmeln
in stiller bestimmtheit:
»na, dann wollen wir unser glück mal versuchen« –

wo in solcher zuversicht
der freie mann an sein tagewerk geht
und seine arbeit gelingt ihm

da sind wir im rheiderland.

oder
wenn
eines tages im herbst
ein altersgenosse uns kohlen ans haus fährt
und bleibt zum tee
und fragt mich: wer ist hier der kommunist?
und ich sage: ich.
und er sagt: dann sag mir bitte jetzt mal
das habt ihr roten doch alles studiert
woher hatte hitlers partei
längst bevor der oben am drücker war
das viele geld?
wer hat den verbrecher bezahlt? –

wo so nachdenklich miteinander geredet wird
da sind wir im rheiderland.

oder
wenn
ein blonder bursche
mit sehr klugen augen
in den häuslichen hühnerhof spuckt
und sagt zu mir
langsam
unendlich achtsam:
»diese tiere sind derartig dumm,
die fressen sogar meine spucke.« –

wo so scharf beobachtet wird
da sind wir im rheiderland.

oder es kommt
nach schwerer arbeit
sommerabends
durchs fröschequaken
ein mann zu mir an den acker
er will mir was aus der tagesschau sagen
(in brüssel sind lauter lebendige menschen
    zertrampelt worden)
und kann doch nicht reden
sondern muß weinen –

wo ein hartgearbeiteter, erwachsener mann
mitten im unsinn der täglichen abbilderei
mitten aus lauter flachen besichtigungen
noch ein so tiefes mitgefühl hat beim anblick
    geschundener leute
da sind wir im rheiderland.

oder
wenn
ferne freunde bei uns im quartier gewesen sind
und nun sind sie abgereist
und es fragt mich die alte nachbarin:
von wo waren die leute denn weg?
sind das verwandte?
haben die kinder? –

wo in ruhiger neugier
ein mensch den anderen
frank und frei
um eine auskunft bittet
da sind wir im rheiderland.

denn
oder was
oder wenn schon
der sohn vom schwager der schwägerin
seiner zukunft
(die ist schon im sechsten monat – man tau!)
das nest baut
das haus mit den roten backen
samt waschbetonteich und doppelgarage
und schleichen aber die kontrolleure
ins bauloch unter den feiertagsglocken
an den samstagszement
in die sonntagsverschalung
: darf ich mal ihre papiere sehen
den arbeitsvertrag die lohnsteuerkarte:
gar keine hürde
wir nehmen kein geld
alles arbeiterfäuste
um gottes lohn

ist uns das wühlen ein milder tee
sonst nichts sonst nichts
wir sind alles verwandte
du strolch doch genauso
sogar deine tante
steckt dübel –

wo jetzt der büttel die jacke abwirft
den eimer hochbückt
die latte zuschneidet
drei augen zudrückt
da sind wir im rheiderland.

oder
wir gehen zum arzt
(fleckflinker flattermantel)
(ihr wißt schon)
und der weißkittel
schlägt eine peinliche untersuchung vor
und sagt mir aber
gegen den schreck
zupackend heiter:
»passen sie auf,
ich schläfer sie ein,
das wird ihnen gut gefallen« –

wo so das messer der schmerzen
mit herzlicher tröstung geführt wird
da sind wir im rheiderland.

wo
in sichtweite meiner hütte
siebenundsechzig vogelarten[2]
zu sehen und zu hören

über schilfpfade zu besuchen sind
und in der fichte
knappe zwölf meter von meinem tisch
die waldohreule sich eine spitzmaus langzieht
und drüber fliegen
die tausend gänse
gegen die wand aus wind
und drunter scharwenzelt der bisam
auf stiller fahrt ins warme versteck –

wo vielerlei leben so frei ist
da sind wir im rheiderland.

und
aber wo
es regnet und regnet und regnet und regnet
und plötzlich reißt der himmel sausend auf
und alles land leuchtet wie lust und liebe
und alle leute haben gefiederte augen
als könnten sie fliegen –

wo dieses drama
aus dunkel und helle
aus sturm und stille
aus böse und süß
ganzjährig auf dem spielplan steht –
da sind wir im rheiderland

oder
es stößt mir
die elfte windstärke westnordwest
die ersten dreizehn ziegel vom dach

und ich möchte mir gegen die panik
hilfe im telefonbuch suchen
da ist schon der nachbar da
der maurer
mit leiter und strick
und seilt sich hinauf
sichert mich gegen gewalten –

wo so eine treue
ohne viel reden
in unserer nähe ist
da sind wir im rheiderland

oder
wo
im rotlichtmilieu
tausend hühner
leise girrend um hilfe schreien
und aber die kluge besitzerin
spitzt mir das ohr:
»hören sie zu, die singen!« –

wo so viel musik in der luft liegt
da sind wir im rheiderland.

oder
ach
wo
aus dem ruhrpott
verloren vertan verraten
der alte arbeiterhusten nach luft schnappt
wo weich die eiserne mutter aus dortmund

dem ausgeschufteten kumpel
den kordhut zurechtzupft
wo der hühnerdrahthaar
der mopsschnauzer wolfgang
der blinde renndackel aus zimbabwe
sein herrchen wegzieht
vom dummglotzen weg
frühmorgens und nachts noch
durch nebel und eis und schlamm
wo dir die bunten gesundheitsläufer
seltsam grußlos zuerst
durch deine stillen bilder keuchen
die endlosangler den blinker baden
die vogelglasgucker
aus lebenlang steinstaub
die alten augen hochwerfen
in den gänseruf
ins wolkenflammen
über viets ulmen
weit draußen weit draußen
die einfache wahrheit sehen
den himmel offen
in nichts frei endlich in nichts –

wo so die rettung winkt
der abend lacht
das ende glüht
da sind wir im rheiderland

oder
eiskalt
es nebelt
dunkel aus nächtlichen gärten.
ein jeder möchte nach haus.

an den tee.
in die puschen.
ich hau die garagentür zu.
da sagt
aus dem nassen nichts
mir ein nahestehender schatten: »moin!«
da stehen drei freunde
schwarz eingeschluckt
unter der raufe
und plaudern leise und rauchen und schweigen –

wo dir da keine schrecken kommen
aus den klammen gewalten
dreier finstrer gestalten
da sind wir im rheiderland.

oder
es geht zuende
mit einem alten mann
der lungenkrebs frißt ihn klein und stumm
in decken gemummelt
sitzt er zuhause am ofen
und wird nicht weggeschickt in die weiße fremde
er bleibt zu haus
bei der verläßlichen frau
bis zuletzt
(ein paar alte freunde trinken ihm leise zu) –

wo so gestorben wird
da sind wir im rheiderland.

oder
der romancier
mit seiner räubergeschichte
in seinem (nassen) versteck
schiebt ein chinesisches brettspiel
mit einem der wilderen söhne des dorfes
und bläst dazu leise
auf einem kamm
seiner lieblingskatze
den kaiserwalzer –

wo wir so zärtliche freundschaft halten
da sind wir im rheiderland.

oder
ich sage es einfach so:
wo der enge tunnel sich öffnet
nach westen
aufsteigend auf ins freie
dort sind wir im rheiderland!

IV

… … …

meine schwester

ist gestorben

… … …

… … …

… … …

1

steht der falsche mond
über dem eschenast.
meine schwester ist gestorben.

steigt aus den wiesenwassern der nebel
ins pflaumenblau.
meine schwester ist gestorben.

weht durch das spinnennetz
rosenblätter der hauch.
meine schwester ist gestorben.

zieht der wurm in sein haus
das rote blatt aus dem weichselbaum.
meine schwester ist gestorben.

nun wächst dem purpursonnenhut
das schwarze herz.

jetzt komm ich noch keinmal.
wo ist mein reh.

2

nun geht es verschieden
heim sanft erlöst
ist sie frei

meine schwester
in ihren zwölf sterbestunden
hat sich fünf zähne herausgebissen

ich gebe dir einen beinernen zahn
gib du mir einen silbernen

milchzahn

so weiß wie schnee
so rot wie
so schwarz

kein giftiger apfelgrütz springt

es war ein blutiges tellerchen
neben dem mund meiner schwester

ein roter zwerg

3

atmet

die trommel gerühret
tief im grunde des wassers
der feuerpfiff
aus erbrochenem

stein

flammt rot
rinnsal
bimsal
abim

ist die schwarze köchin da

drei mal darf sie rummarschieren
dann muß sie den kopf
meiner schwester
haben sie aufgeschnitten

zuletzt

4

starrt nase
aus eises kälte

im haar der nacht
am fuße alter kastanien
meiner schwester im nacken
blüht nackt
wollen wir suchen
die blume aus blut
wächst eine menge

mit lust
mimi

5

petri fuß im runden schuh
staunt nicht weiß schon den faden
schein kein stein
hebt sich ihm auf
im lieben öl
der strenge
tröster meiner schwester
ist der schwarze mann
der bethäuserich
violett.

da schlagen die bunten uhren nieder
der ärzte schelmisches auge trostlos
trübt es
die rettung
nicht.

taumelt im mund der schwester die zunge.
blitzt am priesterschuh schein.

hast mich nicht hinters licht geführt.
sagte der tod.

6

als raben
lieber bruder
nimm in dein schürzlein

es ist mir ein feines geld
zugesagt von meiner schwester
im gericht
nach der todesstunde

ist mir fein eine geldruhe
aus einer nacht
die schreit
mir

sanfte
balde
ruhe ich auch
rabenruhig

ring ich die hände

7

arm arm
böse böse
rapunzel rapunzel
zerschnitten dein haar
zerbissen dein mund
zerschlagen dein zahn
zerrieben dein herz
zerstoben dein atem
zergangen dein blut
dahin

kam da der sohn des königs.
hielt stille und horchte.

freundlich.

und hat mit freuden empfangen.

8

hab keine angst
hin ist hin

eine blume gesunken
unter der hippe des schnitters nicht
ist niedergeworfen worden

geschlagen in grund
erstickt das abgeschafft
zungenfleisch reißzahn

hätt er dich doch gefressen!

ach haut und haar
meiner schwester
winkte

verflucht metzelei.
wer führte das messer.
wer warf den stein.

es war ohne werkzeug
kein finger kein haß
das monster

lacht
schön gesicht

9

das lernen meiner schwester
am tisch in der küche
am letzten tag
sich zu merken

la multa die strafe
la barbaridad die grausamkeit
que asco wie mies
que lástima ach wie schade

da war kein reh.

waren aber
im kerzenschnee
grubentief brunnenfern
unter den lorbeerschatten
blumenversteckt
falsche kissen
beschwichtigtes haar
gefaltete hände.

nicht zu verzaubern war dein mund.
ich habe eine zornige frau gesehen.

V

... ...

die kunst, flöhe zu falten[3]

... ...

(gern am 27.6. zu singen)

... ...

... ...

... ...

1

wir stürzen wir stürzen
dem morgen entgegen
wir fassen die waffe
hellen gesichts

wir fallen das ziel an
ob sonne ob regen
wir lassen den feinden
der freiheit nichts

haijo haijo ...

wir fürchten nicht wüsten
nicht klippen noch schluchten
wir schwingen den angriff
transnational

wir krallen in küsten
und fallen in buchten
wir stellen ins fremde
das weiße fanal

haijo haijo ...

wir schützen die heimat
vor hunger und kriegen
wir werfen im sprung
uns der hoffnung voran

wir greifen bei nacht
in das herz ihrer lügen
wir lieben den frieden
wir greifen an!

haijo haijo ...

2

das sind so die widersprüche.
sie flüstern den schrei.
der fisch stellt sein ohr auf.
was fällt ein.

einfall und anfall kein zufall.

wir stürzen hin.
wer weiß einen sicheren platz.
der sturz ist der fall.

3

einer steht auf

einer ist jeder ist ungerade.

ich richte mich auf.

mein name ist honken.
ich bin der sohn eines maurers im rheiderland.
sie nennen mich walkman.
walkman weiß.

das wissen die farbe die macht.

wer hätte von mir das gedacht.
ich hätte von mir das nicht gedacht.

4

bitte einsteigen.

aus der mißhandlung
verborgen
mein mord oder meine entdeckung.

es war zu sehen
nützlich kein zufall
der austausch.

die türen schließen selbsttätig.

5

diebe
eben lieben
nebel keine kleinen
baden bald in blei.

alles bahnhof
aus zehn buchstaben
wie gesagt: widersprüche.
null sinn.

6

draußen hinter dem ladeschuppen
alles sehr alt.

nasses papier.
stinken reste.

im pinkelbecken die kippenschäumung.
im fenster gefühlsecht das stöhnen der asiatin deutsch.

das ist eine stille.
das ist ein sehr stiller platz.

schon die einsatzskizzen waren eher tot.
ich hätte gern von leben gehört.

hunde zahlen so viel wie für kinder.
ich höre gern schranken fallen.

ich drehe das türschloß lieber nicht zu.
wegen der klemmung.

aber die pünktlichkeit.
jeder an seinem platz.

es fängt nicht gut an.
kein papier.

gut daß es den tiger gibt.
die kameraden nennen mich tiger.

einer hat mich mal honka genannt.
das war ein mörder von frauen in altona.

eher spring ich durchs feuer.
insofern stimmt es.

und ohne papier.
wie schon gesagt: kein bladen.

7

fern
ins enge
läuft eisern der ablauf.
umblüht

eine flache flasche.
die einzeichnung eines kreuzes
im schotter das mehl einer überprüfung.

als einer das schild schrieb
oder es war eine frau
bei denen
hier drüben
konnten die beiden
nicht wissen das knie auf der brust
das blut im stein
den schmauch

als der oder die
schrieben die zeichen

anton berta dora
emil emil
ida konrad ludwig
nordpol nordpol

NN

auf dem befehlswege sagen wir
nicht mehr nathan
sagen wir nordpol

zweimal nordpol
NN
normal null.

ich bin die normale null.
der nicht gewußte name
unbekannt
zu nennen
die kälte.

in der sorgfalt der maurer
zierdestein gelb und rot
farbgraurissige holzträger
tragen das lange dach.

8

es war der lauf einer billardkugel
gern zu berechnen
aus kurzem lauf
eine kugel
nicht aufzufinden

ich bin nicht

aufzufinden unvermeidlich
zufällig zwei mal das zeichen
leuchtet in einer alten wand
mein name

NN

die null wird genannt werden werden.
der nicht zu nennende name ist der zu nennende.
mir ist kalt.

9

sage kein wort
kümmre dich nicht
um die geräusche im kopf.

du bist frei von sünden
bis der sandmann kommt.

die bilder sind eingeprägt.

eine junge frau sieht aus wie ein schöner mann.
wir empfinden ein drängen.
am ärmel der truppe sehe ich die nackte sängerin.
im maul der maschine seh ich das bäuchlein des
kommandanten.
sandwind kippt den weichen rand seines
kampfhutes hoch hinauf.
turnschuhsand.
turnschuhsand.
wenig haar schon viel knie.
die mannschaft steckt lachend die hände ins fleisch
der schenkel und brüste

schafft frieden.
grün braun gelb violett
es brannte das fett eines kleinen kindes in sidon.

überbackener camembert würzfleisch und wiener.

im trassenstaub kaum vor dem schuß die taube.
rukedigu.
ein schuh ist gewaschen worden.
keiner von uns hat geweint.
die motivation der truppe ist gut.

die bilder sind eingeprägt worden.
die junge frau sieht aus wie ein schöner mann
der klug ist.

es war ein winkel hinauf von zwanzig grad.
es waren zehn stufen und dreizehn stufen.
rufen.
im gegenwind.
wessen verwirrung.

es war eine mantelmöwe mitten im schuß.
sie hat alles gesehen.

gib dich auf
sei frei
gib auf.

spring ab!

10

teilauftrag
leistungsnachweis
eichschuß

kopfhärte
einklemmzunge
speichelabrinnspur

narbenhaar
dirnenaugen
knorpelbruch

bauchfett
schwartenschmauch
dienstehand

schußauftrag
leistungsmord
siebentrepp

sieben dieben
eben lieben
nebel keine
kleinen baden
bald in blei.

wohl widersprüche.
wohl sinn.

die kunst
flöhe zu falten.

nicht mit mir.

11

er lag auf der linken körperseite
er hatte keine bewegung.
die arme waren gespreizt.
die waffe lag etwa zwei meter zwanzig grad links.
der verletzte hatte keine waffe.
ein kollege kniete.

nach sekunden
aus maximum fünf zentimeter
regelrecht.

regel.
recht.

12

sie essen mein blut.

förmlich das kopfkind
treu nicht süß
starren die miesen
auf anderem eise
rund interessiert.

wir stürzen wir stürzen.

VI

… … …

lieder für zuhaus[4]

… … …

… … …

… … …

1

(dem lachenden jungen, der kummer hat)

und aus den palmen
von nacht zu nacht
springen
von dach zu dach
gelbe hunde
schreiend
gegen den mond.

2

(der alten frau nachts auf der brücke)

am sonntag morgen
wortlos
schieben die männer die frauen
in das gewisse dunkel
aus staub und rauch
hinter der blassen tür.

dort droht schief oben ein mann.
er ist unter seinem schwarzen rock
von den männern bezahlt.
mann weiß sich zu helfen.

verwegen
schiebt es die männer
in die – capela –
das ist die kneipe
rauchig
am sonntag morgen.

3

(dem fuhrmann mit der musik in den bohnen)

im feigenbaumschatten warten sie auf eine ladung.
mal fisch,
mal mist,
mal kleine touristen.

wer einen esel treibt, der hat zeit.
wäre zeit geld, dann wäre dieser mann reich.
manche sagen, er ist es auch.
aber anders.

mit allerhand pinseln und vielen farben,
die holt er sich aus drogistenmüll,
morgens und nachts,
malt er den karren am esel bunt.

er malt muster und den aufbruch der muster,
augen und sterne und meerestiere,
weitschweifende spinnennetze
der ruhe, der runde.

aus einem erbärmlichen arbeitswerkzeug
wird ein bild,
das leuchtet
den traum von einer glücklichen fahrt.

der mann wacht auf.
auf ihm steht ein hotel der deutschen bank, auf seinem
karren, auf seinem esel, auf seiner frau, auf seinen kindern.
so reich ist der mann.

4

(meiner frau)

also die straße allein,
ohne dich.
aus anthrazit die klinge der sonne flammt weiß.

aus tuchschattenknoten
tritt eine frau
unter den schliff.

sie hebt ihren arm.
sie durchfliegt das liniengeflecht ihrer faust.
sie trommelt die tonne des abfalls.

es ist ein tanz nicht verkauft.
es wird eine schrift geschlagen.
es hallt.

5

(dem lehrer vom roten stern)

über der gasse der hinkenden hunde,
aus der kartografie der zerrissenen mauern,
droben im schmalen nichts aus blau
die fahne mit werkzeug,
aus altem messing
handgeschnitten
die fünfzacksterne,
genagelt in das kastanienholz
der tür zu den konferenzen.

(es wird nicht geflüstert werden.)
(in der mündung der waffe die blume lenkt das
geschoß aus dem ziel.)

6

(dem retter auf dem dach)

november der blüten.
die fülle der arbeit der armut
auf den bauplätzen einer behauptung.

in den maschinen aus kassel detroit,
gebückt in die weiße verkleidung,
ist jeder ein europäer.

in der erde unter dem weiß,
bis an den hals im roten stein,
in einer kette von hand zu hand sind afrikaner.

genau wie bei uns.
fleiß und trotz.
nicht genau wie bei uns.

bei uns glüht kein schwarz.
noch nicht.
so täuschen wir uns in der verwandtschaft.

wir sind so frei.
auf den bauplätzen einer lüge.
novemberblüten.

7

(dem bilderfreund von der alten post)

an diesem fluß hat sie wasser geschöpft
laken geschlagen
fisch geschuppt.
blauaugenfisch

an diesem fluß hat sie die blutrote kuh gesehen
den sternenwirbel
das drohende kind.
faustkind

an diesem fluß sind die steine trockengefallen
die laken zergraut
die sterne versandet.
sandstern

bevor der olivenbaum brennt
steigt sie hinein mit dem hals
springt in gedrehtes tuch.
halstuch[5]

ob denn ein film aus japan
halten kann
was ist
unhaltbar.

die post staunt.
ein stiller mann malt ein schwarzes bild.

8

(dem getretenen mann in der blumenhose)

jemand, der ruft, geht von dorf zu dorf einen kreis.
auch nachts.
er geht den biegenden schritt einer gelben katze.
hände und augenhaut haben die farbe der eukalyptusrinde.
eines staubes, der brennt.

der den ruf ruft, ist soldat.
er ruft aus kriegen.
es waren die portugiesischen kriege im afrikanischen busch.
der ruft, war ein weißer soldat in einem grünen wald.

großer wald.
kleiner soldat.
der biegende schritt der gelben katze.
der ruf.

schwingt eine peitsche
aus länglichem fleisch
den ruf.
der springt.

der ruft, ist verrückt geworden.
was ruft er.
häßliche wörter.
welche.
folter.

der mit dem ruf
von dorf zu dorf
kreist uns ein.
auch nachts.

er
der den fluch flucht.

9

(dem bruderlustig im kasten)

verhügelte ödenei.
das dornendickicht einer geschundenen quinta,
verludert im freien markt.

die arbeiterinnen und arbeiter
sind freigesetzt
in die nesseln.

der feigenbaumboden
das mandelholzmoos
liegen frei im geschäftsverkehr,
preisgegeben den herren.
denen ist fäulnis ein reiz.
auch der arzt ist gekauft.

in dieser wüste fahren
im mittagsgeflimmer
im mondesglimmer
auf kleinstmotorrädern
yamahas buntes geheul
jungen und mädchen
wüstenrennen.

sie sind arbeitslos.
sie haben nichts zu verlieren.
sie haben schon
keine chance.

sie fürchten den tod
nicht.
er hat sie schon
frei.

10

(der frau mit der nadel hinter den blumen)

hier ist alles leicht
geflogen gehoben
durchweht von licht.

hier ist hell
um den walnußbaum
um die bettelfrau
um das schwarze kind
ein kleid aus wonne,
nämlich aus sonne.

hier ziehen die neun weißen reiher.
seidenreiher.
(das sagt einer nadel schon viel.)
sie fliegen
an einem rosenfarbenen abend
zwischen idiotischen hochhausbauten
die schatten zur nacht.

(die ist beerenblau.)
(ein kostbares nadelkissen.)

11

(dem herrn der weißen mäuse)

es ist eine küste
vom teufel zertreten worden.

blasenbein
blindenglas
beutelschnitt

(das gekaufte ist immer das tote.)

brandschenkel
blutlutsch
beugeschlich

es schneidet der schuster der küste
aufrecht dem huf einen schuh.

(schade.)
(es ist die rede von touristen.)
(und wir beiden hätten so gern gelacht.)

12

(der ärztin vom anderen ufer der ems)

bergdorf.

monchique
zärtliches windwort

es singt
auf dem fluß
kein judenkind
assa bum

es springt
der diesel den start
im stationshaus lugar
da liberdade

wir flüstern nicht.
wir nehmen die sitze.

im düstern schuppen
kein wort
der bus bebt blech
der diesel pocht
ausstoß
kein wort
deutsch deutz
pocht stoß
noch niemand öffnet
das tor in meinem nacken
der himmel dort wäre
kein wort
pocht
in meinem nacken ein kind
schiebt uns den himmel auf

wir fahren uns frei.
wir waren dabei.

war es ein sehr schönes schloß?
war es das saubere haus einer lehrerin aus
westfalen?
waren es längliche gruben?
war es kein platz der freiheit?

es war die fabrikruine
in einem wald
unterm himmel
am fluß

einfach der kindsmord
chełmno[6]

es wandern die berge.

13

(dem käferforscher aus liebe)

unterm zimtstein,
in der spur einer frau,
begegnet mir das gesicht einer schwarzen ameise.
sie hebt gegen mich ihren kopf.
sie nennt ihren namen nicht.
ihr kopf ist größer als alle ameisenköpfe.
sie trägt am kopf eine zange.
die ist eine schönheit.

wer um sein leben kämpft,
ist mein freund.
ich nenne ihn –
nein.

14

(was aber zeige ich mylord o'feety and
countess mcloon, was den freunden
der runden stunde, was dem unhold,
dem kunstschmied, dem golfbleche-
putzer, was rübezahl und dem stillen,
zwiefach gezackten schrauber der
guten fahrt¿)

da ist ein alter mann
umbaumelt von apfelsinen
im rätsel der fremden sprache
unterm hieb der sonne
im weißen haus
fast verstummt.

er sehnt sich nachhaus
ins regenplatschen
ins ofenbullern
ins gänsegeschrei überm tee.

die heimat hat zwei große augen.
das ist rätsel genug.

VII

… … …

aus den klopfzeichen
des kammersängers

… … …

… … …

… … …

1

lieber jo.
horrido.
feurio.
mordio.
luja luja.
duda
bruda!

2

mir werden die hände lahm
mir brucht der magen ein
mir fällt das arschloch auf
mir fault am fuß das fleisch
mir platzt im girn das licht.

böser funken
mich dorrt.

schon schläft die gedankin beim tod.

3

in aller untreue lustig
grüße ich aus dem loch
heimlich die freude im kopf.

nur hurtig fort.
es währt.
herein.

4

mancher gefangene zappelt noch
singt er im unsinn
mit einfachen worten

frühling läßt sein schwarzes band.

5

salzschrift
wüstenblume
zauberdurst

feine wörter.
keine wasser.

6

ein großer ton dreht sich
einen hohen krug
aus einem grund
mit nichts
dar
ein
ich aber

7

stellt sich auf

das lied der eliten
großer gesang
schleift einem stein die kontur
aus oel und blut und lust
war ich katholisch
auch kaserniert
droht leblos das
was

hängt da im draht

8

hoch
rotes blond
stilistischer folgerich

wörterfolg.
warschmort.

es ist eine wahrheit
die raucht.

kein wasser ist rein kein wasser.
makellos ist der tod.

9

in chorischer enge
wallend
wachsam
das wörterschreiten in hohen stiefeln.

es flammt ruch.
es dürfen menschenopfer erwartet werden.

wer hat angst.

: für katrin de vries

10

es ist ein mut in der liebe.
nämlich der unsinn.
schneidet die schärfe.
rüttelt den tanz.
legt den finger auf den mund.
entsetzt freude.

11

die wörter zwingen in einem muster.
ich will nicht in einem muster.
das lebt ich nicht gut.
ist herr.

sind frauen herren.
ist freundet kein.
bin fremdet.
nicht gern ein herrlicht.

12

ohne ein leben ist eine zierde die maske.
es ist eine maske vor dem tod.
ist ein maske der heißt.
komm lieber tod und lache.

13

himmel aus netz und stahl
erde aus asche und blut
ins dörre stürzen versponnene messer.

wer hat uns die waffe umgarnt.
wessen blut ist verbrannt.

es ist ein weißer himmel vor unsren erhobenen armen.

es schreibt
hinters tuch
die frau
einen schrei.

14

frei
vorbei
an der schande
meines entsetzens
das weiß

faselt die liebe
unverlierbar die freude
aus nichts
die nägel
mit hand und fuß

15

bin ich

aller welt feind
am ende
der schlachtet mich
schießt sich in spiegel
die sanfte schrift
er kenne dich
selbst das leben ist nicht
zu verachten ist auch
nicht der tod

zu vermeiden

16

zuletzt
es zieht sich.
was tun.

gegen die krankheit
viel trinken.
es sind aber tränen.

gegen den tod
niemand weint.
jemand schweigt.

hoppla.

und keine acht segel
geliebte.
ketten.

ich horch auf den regen.

VIII

... ...

nashornlieder[7]

... ...

... ...

... ...

1

das nashorn mit flügeln
das wollte nicht bügeln
es reckt seine glieder
und jetzt singt es lieder

2

ein dickes fell und die waffe frei
ihr tritt ist ein tanz auf gewaltigen füßen
unter hornstoßmusik
herbei herbei!
– savannenpaula läßt grüßen

3

das auge hell
die waffe frei auf der nasen
der tanz geht schnell
so oft sie zum angriff blasen

4

der schwere schritt unter fächerförmigen bäumen
der findevogel zirpt in alten falten
in hohen gräsern wird sacht wacht gehalten
die waffennase träumt von freien räumen

IX

... ...

böses geflüster

... ...

... ...

... ...

wehe
kommen die weißen
käuflich
heimlich
                    tragen wir ihnen zu markte
die haut der nacht
das licht der aurora
den bann des schweigens
die höhle der rätsel
den stein des wissens

die zunge der schlange
den sprung der echse
die milch der ziege
das blut der sau
den schlich des fuchses

den baum der brände
das fell der mühe
den hunger der wut

                    mutter und vater
                    verkaufen wir ihnen verkauft
                    geschäft ist geschäft

den erdschlag des eisens
den pfad der kühnheit
die arbeit des wassers

den seufzer der eselin
den rauch des ginsters
das haus der frau
das tuch der trauer
die gesichte des traumes

die frucht der süße
das kleid des kindes
das fest der händler
das lied der würde
den schrei des abelharuco

tragen wir ihnen zu markte

die heimat
käuflich
kommen die weißen künstler

wehe

stellen sie stein mir in mein gesicht
das ist kein spiel
deutsch vollzug deutsch
in vollen zügen herren hausen kriminell
die energie der banken und banausen
türmt sich ein haus
aus stein und bein
und gold und gift
kein baum kein boot kein bruch
hotel mit pfiff

es brüllt es schrillt
es gellt es bellt
aus blassem mund
der weiße hund

den hoffen sie sich treu zuletzt
sie haben angst
sie stellen stein
sie wissen daß
sie werden aus der welt gehetzt

ja.
aus der welt.
von wem.
von uns.
wer wir.
wer sonst.
genau entfesselt fluch
es ist kein spiel

sie bauen deutsch
an weiter statt
die meister tanzen
auf gekreuztem blatt

und aber mit verlaub.

es fällt die nacht ein
um unser schiff lautlos
treibt eis
ohne augen
bohren blicke
auf einer brücke
klirrt glas in erhobenen gläsern.

da meldet ein kleiner mann aus der mannschaft
(oder war es nicht eine kleine frau?)
das abstürzen der temperaturen

: in sieben minuten, sir, neunzehn grad fahrenheit sturz.

der kapitän befindet
kurs beibehalten
mit kraft voraus
musik!

es wird weiter getanzt

der kleine mann die kleine frau werden ins
schweigen geschlagen.
böses geflüster
hinter dem vorhang reißt leise der riß.

wir gewinnen die letzten plätze im boot nur über
bestechung.

und in den roten wassern
unter den tänzerinnen und tänzern
erfrieren aufrecht salzblumenhart
die verschwiegenen freunde und freundinnen
unserer liebe.

weiter tanzen, meine damen und herren!

es grüßen die toten.
april april.
es war nicht so gemeint.

nur all gemein
der bürgerwitz
als toller blitz

und wie im anfang so im ende
cool gespreizt
wird frei verheizt.

so wird im dunklen
aus kinkeln
kunkeln.

und frech vom sockel
feixen uns gockel
und gockelienen

le dernier cri
den letzten schrei
wir sind so frei.

es war nicht so gemeint.
april april.
es lächeln die toten.

guten tag bitte ihre papiere

roper & sons schwarzes faltenkleid cambridge
tee in der thermoskanne
lippenstift herpeskraut
wellingtons aus kinlochbervie
zigaretten popularne lubelskie
conrads herz der finsternis
herrenbinden

öffnen sie bitte den kofferraum

zwei wildenten nackt blau braun
diamanten des hauses warburg
textsammlung junges deutschland
ausbeinmesser
hundehaut leise vom eise der nördlichen dvina
sechs mokkatassen aus poona
smaragde facettiert

sind das ihre stiefel

das manuskript
das tonbandgerät
der ziegelstein
die wäscheleine hanf
die rote fahne
die webley mark IV

das testament

allzeit gute fahrt!

sieh mal, wie dumm wir waren.
es ist kein tanz.
es weht ein staub.
die wüste lebt.
komm weiter.

(von ferne bellen die hunde.)

X

… … …

waldläuferlieder
aus dem
südöstlichen polen

… … …

… … …

… … …

1

wohlauf in gottes schöne welt!

die gänse dienten nicht nur zur p
roduktion von fleisch und daune
n sondern wurden zu einem ord
entlichen teil im prozeßverlauf
immer wenn ein transport einget
rieben wurde erhoben sie ein hor
rendes geschnatter das das schre
ien und weinen der opfer übertö

vayl ikh bin a yidele
zing ikh mir a lidele
es helft nisht kayn geshray[8]

2

o galgen du hohes haus

chopana lipowa majdanek bilgoraj
aleksandrów józefów trawniki
włodawa łomazy łukow kock
puławy poniatowa.

in lublin
auf fahrplantafeln
die bus- und bahnstationen
sind mit der hand geschrieben
erschossen und vergraben und
verhungert und erhängt polen
kinder judenmänner judenfrauen
polenmänner judenkinder polen
frauen

unter der polizisten arbeit
im verlauf zweier jahre
die freie hand deutsch.

alles hamburger hände.[9]
meine hamburger hand.

ikh bin a inteligentl
ikh tu nisht mit mayn hentl

3

es blies ein jäger

verabredet
in einem fuchsdickicht
laufen in schneisen wachmannschaften
gegen den dieb und die diebin

russin und russ
spuk am fluß bug

hussa hängen hoch
von grenzwald zu grenzwald
in einem stillen strudel
ertrunken die marlboromafia

sakharinke! sakharinke! sakharinke! [10]

4

im frühtau

berge schuh
schlurfen die augen
der kinder schnurren die peitschen

summen räder
hüpfen greise
klopfen spechte

zerrt ein sommerschuh margits
versteinerter mund

pfeift angst
tappt sacht
befehl

bellt barry[11]
im blaubeerwald
berge haar

gefloygn iz ales in di lift arayn

5

die gedanken sind frei

ist keiner
unter dem schnee aus schmutz
läuft kot aus gesichtern
bückt rücken hinab
in die scherben aus brandsand
stiert lumpig das alte pferd

stevie stevie!
ins bett ins bett!

stürzt der kutscher mit seinem kleinen vater
beißt der hungerhund rattenförmig sein nest
hebt hinterm drahtloch
betrunken der sohn sich
unter den plastiksack
die faltige frau

brüllt nicht!
brüllt nicht!

hüllt seinen schlich um das geld
der weihnachtspriester versteckt
die stege trawniki
meide ich nicht
das rasenland.[12]
kein rasen im land.

di fis viln mir nisht trugn

6

will ich in mein gärtlein

hühnchenstockrosenrot
buckelhausbraun

am wurmigen pfostenholz hängt eine kleine tür.
ins türbrett ist eine schrift geschrieben.

żyduwa kd to kurwa pierdolona[13]
judin kd ist schmuzige hure

da klopften sie leise an.
da sprang eine kleine frau in das graue kraut.

nicht will ich reden nicht will ich reden!
ja nie chcę mówić ja nie chcę mówić!

warf in trawniki sie jetzt die arme krumm übers haar
in das auge der fliegenden katze den schrei.

vi ken ikh dir efenen
ikh veyn fun groysn hunger

: für anna osowska

7

in einem kühlen grunde

an den tischen aus grünem schwarz
unter dem atem aus alton[14]
miles and miles
nahe dem judentor
feine speisen im haus
aus den schrecklichen steinen

beugte heute ein polenjunge sein haar
ins nachte nichte feuer
nackt
wehte
das haar seiner liebsten ihm zu
übern see übern see

fahren die beiden
schwäne im märz
ihr nicken und winden und tauchen und sprühen
und strecken
scheu hin über den tisch her hin
den hals aus
lust die hände aus federn

schmückte
mitten am mittag der tanz
ist wie leicht jetzt
leuchtet die liebe
in lublin
szeroka zwei acht

gelibt hob ikh dikh hays
der kalte vint hot zikh tselakht

8

bei einem wirte wundermild

in zamość
(der hieß rosa)
hat eine frau eine frau verraten.

im ockerstein war ein zartes gesicht
(das hieß buck)
unterm torbogen sprang des holzhändlers
  töchterlein.

da ist der stein beinbleich entblutet bitte
(die hieß anna)
lachte ein buntes beil benetton

aus meiner klage vom tod einer frau
(der hieß landwehrkanal)
schnalzt mir schmatzt anna: recht so! słusznie!

oy vey
derseyl dos nisht far kaynem

: für anna misiurska

9

wer recht in freuden wandern will

du land aus dreck und lügen
mein deutsches vaterland.

moin herr nachbar so tief in gedanken.
bin gestern zurückgekommen aus polen.
ja die polen.
alles brandstatt.
und gestern heinz rühmann.
leicht zu heben sind große gruben in polen aus sand.
ja ja katyn.[15]
es waren deutsche gruben.
so sind wir belogen worden.

sagt mir ein deutscher prolet.
vor meiner hütte.
auf die wörter polen und brand und grube.

und es wurde unter seinen füßen
etwas wie eine menschenhand
sichtbar

nisht gants vayt
mir veln nemn a nekume.[16]

anmerkungen

… … …

S. 33

1 ein brief ans ganze dorf. der anlaß war der zehnte jahrestag meines lebens im rheiderland.

S. 38

2 mäusebussard, goldhähnchen, bekassine, braunelle, hausspatz, hausrotschwanz, rotkehlchen, stieglitz, hänfling, star, buchfink, grünfink, zaunkönig, blaumeise, kohlmeise, singdrossel, misteldrossel, wacholderdrossel, amsel, kiebitz, klappergrasmücke, weidenlaubsänger, fitislaubsänger, gelbspötter, graureiher, flußseeschwalbe, lachmöwe, dohle, feldlerche, rotschenkel, uferschnepfe, bachstelze, fasan, schafstelze, rauchschwalbe, mehlschwalbe, waldohreule, kuckuck, stockente, löffelente, reiherente, gänsesäger, kormoran, ringeltaube, turteltaube, türkentaube, silbermöwe, säbelschnäbler, austernfischer, blesshuhn, rabenkrähe, teichhuhn, rebhuhn, turmfalke, kornweihe, sperber, höckerschwan, singschwan, brandgans, nonnengans, graugans, blessgans, kanadagans, bartmeise, blaukehlchen, wasserralle, schwirl

S. 57

3 am 27. juni 1993 wurde auf dem bahnhof bad kleinen, nach der aussage mehrerer zeugen, der militante wolfgang grams, schwer verletzt am boden liegend, von bgs-leuten durch kopfschuß *buchstäblich hingerichtet.* (spiegel, im juli 93)

S. 73

4 wieder ein langer brief an die leute in meinem dorf. diesmal von der südwestküste portugals, aus der kleinen stadt portimão. jedes lied galt einem bestimmten menschen. da von mir niemand mit namen genannt ist, war das lesen der rheiderlandzeitung ein suchlesen für viele.

S. 81

5 dieses lied kommt aus dem alentejo. im alentejo war in den jahren 1974 und 1975 die revolutionäre lust der arbeiterinnen und arbeiter allgemein. inzwischen, mithilfe der (us-)weltbank und der »sozialistischen« »internationale«, ist das alentejo in portugal die region mit den meisten selbstmorden.

S. 87

6 nahe dem polnischen dorf chełmno (nazideutsch: kulmhof) sind von dez 41 bis juni 44 150.000 (einhundertfünfzigtausend) menschen von den deutschen herren und ihren »volksdeutschen« helfern in einem deutschen spezialfahrzeug (magirus-deutz und saurer) umgebracht worden. anfang sept. 42 waren es alle kinder unter 10 jahren aus dem ghetto in łódź.

S. 109

7 eine sonderschulklasse in bremen, die sich, für arbeit und leben, ein nashorn zum wahrzeichen genommen hatte, hatte, im frühjahr 1990, viele schriftstellerinnen und schriftsteller um ein nashornlied gebeten.

S. 125

8 alle zitate aus dem jiddischen sind aus liedern gefangener jüdinnen und juden im nazighetto łódź, gesammelt von gila flam.

S. 126

9 vgl. christopher browning, ganz normale männer, rowohlt

S. 127

10 verhungernde łódźer judenkinder liefen 1942 durchs ghetto, um schreiend sacharin anzubieten. der ghettosänger yankele hershkowitz hatte ihnen ein lied gewidmet. vgl. gila flam, singing for survival, UMI-dissertation-service, michigan, und oskar rosenfeld, wozu noch welt, verlag neue kritik

S. 128

11 der deutsche ss-offizier im vernichtungslager treblinka, kurt franz (genannt lalka, das püppchen), führte im

lageralltag einen bernhardinerbastard des namens barry. barry war gegen nackte jüdinnen und juden dressiert. später war er das maskottchen deutscher soldaten im großlazarett ostrów, knapp nördlich von treblinka. (vgl. dtv 2904, 234 ff)

S. 129
12 trawniki: trawa = gras, trawnik = der rasen, trawniki = das rasengelände

S. 130
13 diesen beschrifteten türpfosten habe ich fotografiert am 8. september 1997.

S. 131
14 alton in illinois ist der geburtsort von miles davis.

S. 133
15 westlich smolensk der platz der ermordung von (10.000?) (4100?) (reuben ainsztein) (dtv taschenlexikon) polnischen offizieren durch die mörder des NKWD 1940

S. 133
16 nekume heißt: rache

Die Deutsche Bibliothek – CIP-Einheitsaufnahme

Geissler, Christian:
Lyrik / Christian Geissler. - Hamburg :
Rotbuch Verlag, 1998
ISBN 3-88022-687-3

Umschlaggestaltung: Groothuis+Malsy, Bremen
Motiv: Die Wörter »Tanz«, »Hunger«, »nekume« (Rache)
Herstellung: Das Herstellungsbüro, Hamburg
Druck und Bindung: Clausen & Bosse, Leck
Printed in Germany
ISBN 3-88022-687-3